AF452781

CATALOGUE

DES

TABLEAUX MODERNES

COMPOSANT LA COLLECTION

DE FEU M.

ED.-L. JACOBSON

DE LA HAYE

Chevalier de l'ordre du Lion-Néerlandais, Commandeur de l'ordre de Léopold de Belgique,
Officier de la Légion d'honneur, Officier de l'Aigle-Rouge.

VENTE

HOTEL DROUOT, SALLES Nos 8 ET 9

Les Vendredi 28 et Samedi 29 Avril 1876

A DEUX HEURES ET DEMIE PRÉCISES

COMMISSAIRE-PRISEUR,	EXPERT,
Mᵉ CHARLES PILLET,	M. DURAND-RUEL
10, rue de la Grange-Batelière.	16, rue Laffitte

Avec le concours de

M. FRANCIS PETIT,

7, rue Saint-Georges.

EXPOSITIONS:

PARTICULIÈRE	PUBLIQUE
Le Mercredi 26 Avril 1876.	Le Jeudi 27 Avril 1876.

De une heure à cinq heures.

COLLECTION

DE FEU M.

E_D-L. JACOBSON

DE LA HAYE

CONDITIONS DE LA VENTE

Elle sera faite au comptant.

Les adjudicataires payeront *cinq pour cent* en sus des enchères.

Ce Catalogue se distribue

A PARIS

Chez MM. CHARLES PILLET, commissaire-priseur, rue de la Grange-
Batelière, n° 10.

DURAND RUEL, expert, rue Laffite, 16,

FRANÇOIS PETIT, rue Saint-Georges, n° 7.

A L'ÉTRANGER.

La Haye.	TERSTEEG, représentant de la maison Goupil et C°, Plaats, 14.
Londres,	AGNEW et SONS, Waterloo place.
—	PILGERAM et LEFEVRE, 1, King street, Saint-James square.
Bruxelles,	ÉTIENNE LEROY, 8, rue des Chevaliers.
Berlin.	LEPKÉ, 4, unter den Linden.
Vienne.	KARSEN, 2, Kartner-Ring.

Paris — Typ. Pillet, 5, rue des Grands-Augustins.

COLLECTION JACOBSON

Tous ceux qui ont connu feu M. Ed. L. Jacobson de la
Haye conservent de lui le plus agréable souvenir. C'était un
homme d'une urbanité exquise et d'un commerce éminemment
sympathique. Il aimait l'art et les artistes, fréquentait leurs
ateliers et n'avait pas de plus vif plaisir que de découvrir
un inconnu de talent, de l'aider de ses conseils expérimentés
et souvent de le lancer par un premier achat qui est aux peintres ce qu'une première publication est aux poëtes. Combien
de contemporains, aujourd'hui célèbres, lui auront dû de con-
naître ce sourire de la fortune et de la gloire plus doux, a dit
Vauvenargues, que les feux mêmes de l'aurore, les tableaux
les plus importants de cette collection ont été ainsi achetés
ou commandés directement par l'amateur aux artistes eux-
mêmes. M. Jacobson avait une prédilection avouée pour
notre école qui, par ses nobles recherches de style, son goût
dans le pittoresque et sa science des hautes traditions, répond
mieux que tout autre à la poëtique exacte des esprits sérieux
et cultivés. Ce n'est pas nous, critique français, qui nous
plaindrons d'une telle préférence, tout à la gloire de notre

patriotisme, comme elle est à l'honneur de la collection. La grande situation de M. Jacobson en Hollande (il était chevalier de l'ordre du Lion Néerlandais, commandeur de la Couronne de Chêne et de Léopold de Belgique, officier de l'Aigle rouge et de la Légion d'honneur) et la renommée de connaisseur émérite qui s'attachait à son nom, prêtent une rare autorité au choix des œuvres dont cette collection est composée ; les 91 toiles en demeurent comme consacrées par le goût de celui qui les a réunies, et, en sus de leur valeur intrinsèque, elles gardent une sorte de prestige heureux de l'homme dont elles ont embelli, honoré et charmé la vie. Les voilà maintenant revenues à Paris d'où pour la plupart elles étaient parties; demain elles se disperseront au vent des enchères ; demain la collection s'effeuillera sous les mains amies de MM. Francis Petit et Vincent Van Gogh, chargés par testament de cette besogne délicate et qui ne laisse pas d'avoir son côté mélancolique. Mais les tableaux sont comme les livres et les hirondelles pour un ami qu'ils quittent, ils en adoptent un autre et leurs départs annoncent toujours une arrivée nouvelle.

Qui enchantera-t-il demain ce merveilleux *Liseur* de Meissonier, le *Régent* de l'écrin de M. Jacobson ? « Mon cher ami, « écrivait l'artiste lui-même à M. Francis Petit, en m'apprenant que mon homme en robe de velours rouge était dans « la galerie de M. Jacobson, vous me faites un véritable « plaisir. Vous savez, du reste, le cas que je fais de ce tableau « que j'ai toujours regardé comme un de mes plus réussis et

« dont la tête me ressemble un peu.... On n'a pas toujours ce
« plaisir délicat de savoir placés dans des cabinets choisis les
« tableaux que l'on a soignés et aimés. » Qu'ajouter à un
pareil témoignage, et quels éloges équivaudraient à l'aveu de
satisfaction arraché à la conscience du maître ? Mais M. *Meissonier* a bien raison, et ce tableau est l'un de ses chefs-d'œuvre.
Si le mot de grande peinture est applicable à quelque chose,
c'est bien à ce personnage en robe de velours rouge traité
avec une largeur toute vénitienne. Imaginez un portrait de
doge, grandeur naturelle, peint par Titien ou Véronèse, et que
l'on regarderait à lorgnette renversée ; tel est l'effet produit
par cette figure de 25 centimètres. C'est d'une inconcevable
ampleur dans la finesse. Quant à la ressemblance signalée par
l'artiste lui-même, elle est d'autant plus curieuse que l'on se
demande comment, les mains occupées à tenir un livre et les
yeux baissés, il a pu poser devant son propre regard. A cet
admirable morceau s'ajoute donc encore la saveur piquante
d'un tour de force très-original.

L'Hôtel des ventes a ceci de charmant qu'il fait de temps
à autre repasser sous nos yeux des œuvres aimées et connues ;
mais il en reproduit quelquefois dont on avait perdu la trace.
Ainsi de ce *Corps de garde turc* qui, au grand regret de la critique, ne figurait pas à l'Exposition universelle de 1855, et que
Théophile Gautier appelait alors à tous les échos de sa voix
retentissante. Qu'était devenu ce *Corps de garde*, l'un des chefs
d'œuvre de *Decamps ?* Qu'on se rassure, le précieux trésor est

retrouvé ou plutôt il n'était pas perdu, puisqu'il appartenait à
M. Jacobson. Il sera pour la présente génération comme une
nouvelle connaissance. Le peintre de l'Orient n'a rien signé de
plus typique que ce *Corps de garde turc* qui, pour tout sujet,
nous montre deux soldats dissertant et fumant le chibouk près
d'un mur éclairé du dehors par une réverbération. Superbe
de ton, cette scène l'est également de caractère ; ce n'est pas
la lumière seulement que *Decamps* saisit et fixe, c'est aussi la
vie orientale dans son intimité et bien des voyages n'en ap-
prennent pas si long sur les mœurs de l'Islam et son état
social que le petit tableau pittoresque et vivant que cette vente
nous ressuscite.

La vie dramatique et passionnée de Bernard Palissy a
tenté bien des peintres de talent, mais nous ne croyons pas
qu'elle ait jamais rien inspiré de supérieur à la magnifique
composition de M. *Robert Fleury*, *Bernard Palissy arrêté par
l'Inquisition*. Le grand potier est assis dans son atelier, près
de son four, un livre sur les genoux, entouré de quelques-uns
de ses plus beaux plats ; il se retourne au bruit que font des
soldats conduits par un moine, le crucifix au poing, et qui
viennent d'enfoncer la porte. On sait avec quelle autorité
M. *Robert Fleury* conçoit et exécute ce genre de scènes moyen
âge. Celle-ci est animée du plus beau souffle artistique et peinte
dans cette gamme de bruns-roux, transparents et profonds qui
datent sa première manière, c'est-à-dire la plus éclatante. —
Paul Delaroche, qui était né en 1797, avait certainement vu

Napoléon Ier ; le portrait qu'il en donne dans cette collection est une étude intéressante de la tête césarienne dont le type est si populaire.

Il n'est personne peut-être qui n'ait admiré au Luxembourg cette *Mort de saint François d'Assise*, qui fut le plus grand succès de *Léon Benouville* et que la gravure a popularisé ; nous en avons ici une réduction excellente, exécutée par le peintre sur la demande de M. Jacobson ; c'est comme une relique artistique, car *Benouville*, mort à 38 ans, a très-peu produit et la mort l'a fauché dans la fleur d'un talent plein de promesses. Il suffirait, pour s'en convaincre, de regarder avec le soin qu'elle mérite l'une des dernières toiles sorties de son atelier, *sainte Claire recevant le corps* de ce même *saint François d'Assise* qui fut pour Benouville ce que saint Bruno avait été pour Lesueur, un inspirateur tutélaire. Ce n'est pas sans motif que nous établissons une comparaison entre les deux artistes, car ils ont une certaine affinité de tempérament très-saisissable dans cette *sainte Claire*. C'est le même goût sobre et clair dans la composition, le même style chaste, la même grâce mélancolique des expressions et des atttiudes. Ce tableau, qui est sans doute la première pensée de quelque décoration commandée, suffit à laisser entrevoir à travers les ténèbres closes de l'avenir ce que serait devenu *Benouville* et à quelle hauteur il devait s'élever dans le grand art.

Un de ses contemporains qui, pour l'honneur de notre

école, est lui, toujours debout dans l'arène, M. *Cabanel* a chez M. Jacobson l'un de ses plus charmants ouvrages, le *Poëte Florentin*. Il est connu de l'univers entier et nous n'avons pas à le décrire. Exposé au salon de 1861, l'un des plus fertiles en bonnes toiles que nous ayons eus depuis vingt années, ce tableau a fait, par la reproduction, son chemin dans le monde ; il est célèbre et à juste titre. *Soir d'automne*, du même artiste, est une rêverie d'un sentiment tout lamartinien, et qui ornerait admirablement ce palais de la Mélancolie bâti par les romantiques sur les cimes nuageuses du Parnasse. Il figurait à l'Exposition universelle de 1855. Quant à *Aglaé et Boniface*, c'est dans l'œuvre de chevalet de M. Cabanel une pièce capitale du plus haut intérêt. Nous en admirons sans réserve la gracieuse ordonnance, le dessin pur et suave et la blonde coloration ; l'expression rêveuse des visages évoque, comme un ressouvenir de la dernière manière d'Ary Scheffer et rarement M. *Cabanel* s'est montré plus fort formiste que dans le modelé des bras, des mains et des parties nues. *Aglaé et Boniface* date du salon de 1858.

D'Ary Scheffer, lui-même, M. Jacobson possédait quatre toiles, *Mignon regrettant sa patrie* et *Mignon aspirant au ciel*, réductions des célèbres tableaux qui faisaient partie de la collection du duc d'Orléans, mais la plus importante a pour titre et pour sujet la ballade de Schiller, *Les Plaintes de la Jeune fille*. « Il y a longtemps, dit le peintre dans une lettre « que nous avons sous les yeux, que ce tableau fut commencé

« sur la demande de la princesse Marie d'Orléans et à une
« époque où mon imagination avait conservé encore un peu
« de jeunesse. Je viens seulement de le terminer (Décembre
« 1849), et s'il m'a coûté beaucoup de temps et de travail, je
« puis affirmer aussi que comme exécution c'est mon meilleur
« ouvrage, et pour plus d'une raison, celui de mes tableaux
« que je regrette le plus de ne pas avoir pu conserver, je suis
« heureux toutefois qu'il trouve abri sous un toit ami. » (Lettre
« à M. Jacobson).

Le tableau nommé *Arabes dans leur camp*, et qui nous
représente un groupe de chefs kabyles délibérant sous un
figuier, est sans conteste l'une des meilleures peintures d'*Horace
Vernet*. Quoique le peintre de la *Smala* ne fût pas à propre-
ment parler un coloriste de race, il a eu dans sa vie quelques
bonnes fortunes de couleur, et cette toile est du nombre, la
facture en est d'une rare solidité et fait valoir une composition
pittoresque, spirituelle et nettement lumineuse. — Avant de
se consacrer presque exclusivement à l'art du portrait, où
d'ailleurs il excelle, M. *Jalabert* était un remarquable peintre
d'histoire et même de sujets religieux. Son *Christ porté au
tombeau* est de la même veine tendre et pénétrante que cet
autre Christ au Jardin des Oliviers, l'un des succès de l'artiste. M. *Jalabert* est un élève très-direct de Paul Delaroche,
mais il possède un sentiment de la coloration dont la délicatesse
lui est personnelle et qu'il imprime à ses compositions comme
un cachet de distinction artistique.

Une famille malheureuse d'Octave Tassaert est un tableau

bien célèbre et que tout le monde a pu admirer au musée du Luxembourg. On retrouve dans la réduction que nous en offre la collection Jacobson les précieuses qualités de finesse et l'harmonieuse distinction de coloris qui ont assuré à l'auteur une place si originale dans l'école contemporaine. Le domaine de *Tassaert* ne s'étend pas au-delà de la vie réelle, mais dans ce domaine il est maître et seigneur.

Les connaisseurs reverront avec plaisir le *Gaston de Foix* de M. Claudius Jacquand, qui passe à bon droit pour son chef-d'œuvre. Pour M. *Gallait*, si la scène intime, *La Veuve*, ne suffisait déjà pas à rallier tous les suffrages à son émotion, et son habile arrangement, nous pensons qu'aucun ne résisterait à la superbe *Prise de Jérusalem*, bouillonnante de vie, d'une verve ardente et d'un aspect tragique où le peintre a développé toutes les ressources de sa science profonde. Elle est d'un effet grandiose, cette scène de carnage et d'incendie, et si la lueur des flammes ne permettait pas d'y lire sur un socle de colonne le nom de M. *Gallait*, on pourrait presque s'y tromper et l'attribuer à l'un des plus chauds coloristes de l'école romantique.

Un fin petit cadre, *Anier à Smyrne*, apporte à la collection le nom et le talent illustres de M. *Gérome*. Comme Decamps, M. Gérome est de première force pour rendre dans tout leur pittoresque les tableaux de la vie orientale. L'ânier est un joli spécimen de la manière claire, précise et spirituelle de l'auteur. C'est encore un ouvrage exquis que *l'Enfant prodigue* de M. *Couture*, les dilettanti en apprécieront à

sa valeur la couleur à la fois transparente et vigoureuse. Nous
ne mettons point en doute non plus le succès qu'obtiendra le
ravissant bouquet de *roses blanches* que *saint Jean* jette avec
tant de mélancolie devant la colonne tronquée d'une tombe
de jeune fille. 16 ans ! dit simplement l'inscription funéraire,
16 ans, répète-t-on, est-ce un âge pour mourir ? Et l'on songe
avec le poëte que ce bouquet est peut-être celui qu'elle avait
hier à ce bal qui l'a tuée, rose blanche elle-même au souffle
virginal.

Certes, il nous reste à parler de bien des œuvres de la
collection, et nous ne finirions plus si nous voulions nous
arrêter à chacune selon le mérite. Mais il nous est impossible
de laisser passer sans le saluer le superbe *taureau* roux de
Brascassat, dont Paulus Potter lui-même eût admiré la struc-
ture et le relief. *Brascassat* dessine en maître, et chez lui
science et conscience sont synonymes. Mais voici venir un
autre *taureau couché* d'une grande tournure et du faire le
plus serré ; besoin n'est pas de recourir à la signature pour
être convaincu que, seul, un talent mâle a pu l'exécuter :
or quel talent plus mâle que celui de mademoiselle *Rosa
Bonheur*. Nous n'en connaissons point, dans l'un ou l'autre
sexe, du moins parmi les maîtres.

Enfin, et pour terminer dignement la revue de tant d'œuvres choisies et diversement attrayantes, il ne pouvait nous
échoir meilleure aubaine que d'avoir à signaler des toiles
comme les *Gueux de mer* de **Le Poittevin**, un franc succès du
Salon de 1840, et la page capitale de l'artiste ; **puis encore** *la*

Saulée de *Jules Dupré*, d'une si juste impression de nature; *les Arabes nomades levant leur camp*, de *Eugène Fromentin*, le peintre-poëte de l'Algérie. *L'épisode des guerres de Flandres,* par *Leys*, toujours pittoresque et toujours savant; *les bords du Danube* de *Pettenkofen*, étude remarquable de précision et de sincérité; et définitivement la très-intéressante scène renaissance que M. *de Keyser* a nommée *Diane de Poitiers et Henri II chez Jean Goujon.*

Emile BERGERAT

DÉSIGNATION

BAKKER KORFF

1 — La Malade.

Une bonne vieille dame hollandaise, assise dans un grand fauteuil, est soignée par sa vieille amie. Sur une petite table placée entre elles deux, on voit une quantité de fioles et de médicaments.

Haut., 18 cent.; larg., 12 cent.

BEAUME

650

2 — Le jour du paiement de la dîme dans un couvent de moines.

Daté 1837.

Haut., 71 cent.; larg., 90 cent.

BÉGAS

230

3 — Jésus-Christ pleurant sur le sort de Jérusalem.

Haut., 36 cent.; larg., 41 cent.

Sainte Claire recevant le corps de Saint François.

BENOUVILLE

(LÉON)

4 — **Sainte Claire recevant le corps de saint François d'Assise au couvent de Sainte-Marie-des-Anges.**

Composition importante.

Daté 1858.

Haut., 1 m. 58 cent.; larg., 1 m 18 cent.

BENOUVILLE

(LÉON)

5 — Saint François-d'Assise transporté à Sainte-Marie-des-Anges, bénit la ville d'Assise.

Réduction du tableau du Musée du Luxembourg.

Daté 1856.
Haut., 0 m. 48 cent.; larg., 1 m. 18 cent.

Saint François bénissant la ville d'Assise.

BENOUVILLE

(LÉON)

2000   6 — Un Prophète de la tribu de Juda tué par un
lion.

Haut. 1 m. 05 cent.; larg., 2 m. 27 cent.

BENOUVILLE

(LÉON)

3-500   7 — Pélerins au repos dans la campagne de
Rome.

Haut., 68 cent.; larg., 51 cent.

VAN BEVEREN

(CHARLES)

290   8 — Jeune fille jouant de la guitare.

Haut., 1 m. 24 cent.; larg., 97 cent.

VAN BEVEREN

(CHARLES)

400

9 — Les Syndics des drapiers.

Copie réduite du tableau du Musée d'Amster-
dam.

Haut., 48 cent.; larg., 65 cent.

BIARD

1100

10 — Les inconvénients d'un voyage d'agrément
en mer.

Salon de 1844.

Haut., 97 cent.; larg., 1 m. 38 cent.

BILDERS

380

11 — Paysage au temps de la moisson.

Haut , 33 cent.; larg., 46 cent.

BILLARDET

12 — Pierre le Vénérable.

Haut., 1 m. 00 cent.; larg., 78 cent.

BLÈS

(DAVID)

13 — Un vieux fat.

Haut., 16 cent.; larg., 14 cent.

ROSA BONHEUR

14. — Taureau couché dans la campagne.

Étude superbe de caractère et de forme.

Haut., 65 cent.; larg., 81 cent

Rosa Bonheur.

Taureau couché.

BOSBOOM

(JOHANNES)

15 — Intérieur d'une église transformée en salle de conseil.   *1220*

Forme cintrée par le haut. — Haut., 28 cent.; larg., 36 cent.

BRAEKELEER

(FERDINAND DE)

16 — La mauvaise nouvelle.   *1220*

Intérieur flamand. Composition de quatre figures.

Haut., 60 cent.; larg., 51 cent.

BRASCASSAT

17 — Taureau au pâturage.

Magnifique taureau roux et blanc debout dans une prairie ; au second plan, des vaches qui boivent à une fontaine.

Daté 1841.

Haut., 1 m. 32 cent.; larg., 1 m. 61 cent.

Brascassat.

Imp. A. Salmon. Paris.

Taureau au pâturage.

Cabanel
Poëte florentin

CABANEL

18 — Poëte florentin.

> « Assis sur le banc de marbre d'une villa, le poëte fait sans doute la glose d'un sonnet d'amour platoniquement alambiqué à la mode du temps. Un jeune couple, l'amant, beau jeune homme de vingt ans, la maîtresse, délicieuse blonde au pur profil, écoutent réciter le poëte... Plusloin, se tient accroupi, avec une pose de nonchalance heureuse, un autre compagnon, également jeune et beau. Un troisième s'est allongé sur le dossier du banc et la tête entre ses mains, savoure à son aise la poésie. »

THÉOPHILE GAUTIER, Salon de 1861.

Haut., 60 cent.; larg., 1 m.

CABANEL

19 — Aglaé.

.... Au milieu d'une vie de désordre. Aglaé
et Boniface, las des voluptés mondaines, rêvaient
aux nouvelles vérités du Christianisme, dont la
grâce divine pénétrait leur âme.

(Vie des Saints.)

Haut., 1 m. 40 cent.; larg., 1 m. 26 cent.

Cabanel.

Soir d'Automne.

A. Mongin aqua f.

Imp. A. Salmon, Paris.

CABANEL

20 — Soir d'automne.

> « Quand la feuille des bois tombe dans la prairie,
> Le vent du soir s'élève et l'arrache aux vallons ;
> Et moi, je suis semblable à la feuille flétrie :
> Emportez-moi comme elle, orageux aquilons ! »
>
> LAMARTINE, l'*Isolement*.

Haut., 58 cent.; larg., 1 m. 19 cent.

COUTURE

21 — L'Enfant prodigue.

Haut., 34 cent. larg., 26 cent.

Couture.
L'enfant prodigue.

Decamps.

Corps-de-garde turc.

DECAMPS

22 — Corps de garde turc.

Deux soldats, l'un assis sur un baril, l'autre sur un banc, causent et fument; au fond trois ou quatre autres figures.

Tableau très-serré d'exécution et d'une très-belle couleur.

Daté 1844.
Haut., 49 cent.; larg., 61 cent.

DELAROCHE

(PAUL)

23 — Napoléon Ier.

Portrait en buste de l'empereur Napoléon ; il
porte l'uniforme des chasseurs de la garde, la
main droite relevée dans son gilet.

Daté 1846.

Forme ovale. Haut., 80 cent.; larg., 65 cent.

DELAROCHE

(PAUL)

24 — Les Enfants d'Édouard.

Ces deux princes, enfermés dans la Tour de Londres, furent étouffés par les ordres de Richard III, leur oncle, usurpateur de leurs droits.

Réduction du grand tableau du musée du Luxembourg.

Haut., 34 cent.; larg., 40 cent.

DUPRÉ

(JULES)

25 — Paysage, une saulée.

Tableau d'une très-belle qualité.

Haut., 28 cent.; larg., 42 cent.

FAUVELET

2200 26 — Causerie au cabaret.

Haut., 29 cent.; larg., 23 cent.

FROMENTIN

27 — Arabes nomades levant leur camp.

Composition animée d'un grand nombre de figures.

Datée 1851.
Haut., 44 cent.; larg., 1 m. 05 cent.

GABRIEL

210 28 — Paysage, une tourbière en Hollande.

Haut., 17 cent.; larg., 28 cent.

Gaffait.

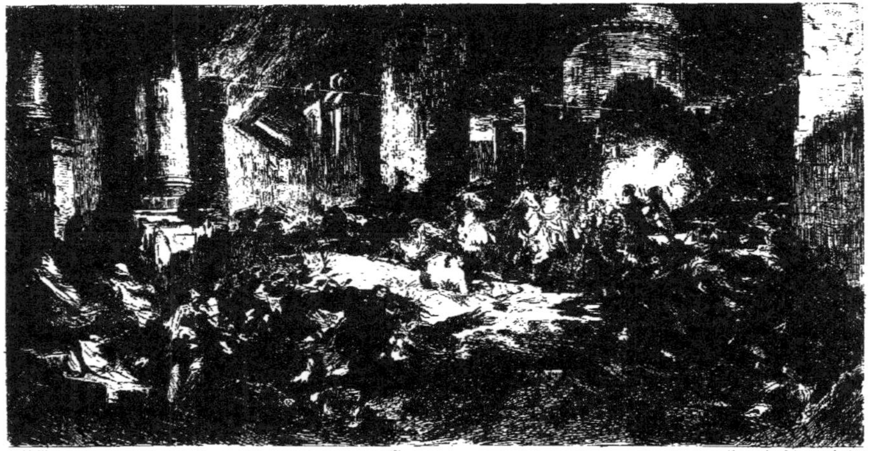

Prise de Jérusalem.

GALLAIT

29 — La prise de Jérusalem par Godefroy de Bouillon.

L'armée des Croisés fait irruption dans la ville sainte à la lueur des torches et de l'incendie. Godefroy est à cheval les deux bras élevés vers le ciel et remerciant Dieu de lui avoir donné la victoire, près de lui un moine porte une oriflamme surmontée d'une croix ; les infidèles fuient de tous côtés.

C'est une scène de désordre indescriptible rendue avec une furie magistrale.

Daté 1843.

Haut., 94 cent.; larg., 1 m. 55 cent.

GALLAIT

30 — La Veuve.

Une pauvre veuve éplorée reçoit les consolations
d'un ministre de l'Église ; près d'elle sont groupés
ses trois enfants, dont un tout jeune, est encore au
berceau.

Daté 1833.
Haut., 91 cent., larg., 73 cent.

La veuve.

GÉRICAULT

(Attribué à)

31 — Charrette de charbonnier attelée de cinq chevaux.   *600*

Haut., 40 cent.; larg., 65 cent.

5

GEROME

32 — Anier à Smyrne.

Haut., 34 cent.; larg., 24 cent.

Gérome.

Ânier à Smyrne.

GRANET

33 — Intérieur, salle d'un ancien cloître à Rome.   *860*

Haut., 38 cent.; larg., 30 cent.

GUDIN

34 — Marine, bateaux de pêcheurs en mer, effet   *1010*
de soleil.

Daté 1846.
Haut., 29 cent.; larg., 39 cent.

GUILLEMIN

35 — L'Avare.

Daté 1847.
Haut., 35 cent.; larg., 20 cent.

HAAS

(DE)

36 — **Vache et taureau paissant au bord de l'eau.**

Paysage hollandais.

Daté 1873.

Haut., 60 cent.; larg., 85 cent.

HANEDOES

37 — **Paysage, la bruyère.**

Haut., 25 cent.; larg., 33 cent.

HANEDOES

38 — **Paysage des environs d'Utrecht.**

Daté 1865.

Haut., 25 cent.; larg., 39 cent.

HANEDOES

39 — Une mare dans les bruyères.

Effet de soleil annonçant la pluie.

Daté 1865.
Haut., 45 cent.; larg., 73 cent.

1400.

HENKES

40 — L'Infirmerie d'un couvent de religieuses.

Daté 1872.
Haut., 33 cent.; larg., 48 cent.

920

INGRES

41 — Pénélope pleurant l'absence d'Ulysse.

Haut., 55 cent.; larg., 49 cent.

1000

ISABEY

42 — Petit port à l'entrée d'une rivière en Normandie.

Daté 1839.
Haut., 45 cent.; larg., 64 cent.

ISABEY

43 — Plage par un gros temps.

Haut., 31 cent.; larg., 45 cent.

Jacquand.

Lemaire aqua␣t.   Imp. ␣ Salmon Paris.

Gaston de Foix.

JACQUAND

44 — Gaston de Foix.

Le jeune Gaston de Foix, accusé d'avoir voulu empoisonner son père, se laisse mourir de faim dans la tour d'Orthez où il avait été enfermé.

Haut., 1 m. 62 cent.; larg., 2 m.

JACQUE

(CHARLES)

45 — Poules dans une cour de ferme.

Haut., 35 cent.; larg., 27 cent.

Jalabert

Le Christ porté au tombeau

JALABERT

46 — Le Christ porté au tombeau.

Le corps de Jésus est porté par trois de ses apô-
tres, les saintes femmes le suivent en pleurant.

La scène est éclairée par la lumière d'une tor-
che que tient un serviteur à l'entrée du sépulcre.

Haut., 51 cent.; larg., 75 cent.

JOHANNOT

(TONY ET ALFRED)

47 — La Reine Elisabeth et Walter Raleigh.

« Il avait plu toute la nuit; et précisément devant la place où se tenait notre jeune homme, un peu de boue se trouvait sur le passage de la reine. Elle hésita un instant, et Walter, détachant son manteau en un clin d'œil, l'étendit par terre pour qu'elle pût passer à pied sec, accompagnant cet acte de dévouement d'un salut respectueux, tandis que son visage se couvrait de la plus vive rougeur. »

WALTER SCOTT, *Kenilworth.*

Daté 1837.
Haut., 48 cent.; larg., 66 cent.

JOLLIVET

48 — Intérieur d'un musée d'antiquités et d'objets d'art.

Haut., 22 cent.; larg., 28 cent.

KEYSER

(DE)

49 — Diane de Poitiers et Henri II dans l'atelier de Jean-Goujon.

Daté 1838.

Haut., 73 cent.; larg., 60 cent.

1260

KLINKENBERG

50 — Paysage, chaumière près d'une carrière de sable.

Haut., 36 cent.; larg., 52 cent.

170

KUYTENBROUWER

(M.)

51 — Paysage accidenté de rochers.

Effet de soleil couchant.

Daté 1868.

Haut., 95 cent.; larg., 1 m. 30 cent.

420

LE POITTEVIN

32 — Les Gueux de mer en observation pendant
un combat entre des flottes hollandaise
et espagnole.

Salon de 1840.

Daté 1840.

Haut., 97 cent.; larg., 1 m. 86 cent.

LEYS

(HENRI)

53 — Maisons envahies par des soldats.

Épisode des guerres des Flandres.

Daté 1837.

Haut., 63 cent.; larg., 53 cent.

MARIS

(J.)

54 — La Sœur aînée.

Haut., 43 cent.; larg., 30 cent.

MARIS
(M.)

55 — Paysage.   400

Haut., 19 cent.; larg., 27 cent.

MARIS
(W.)

56 — Deux vaches au bord d'une rivière.   530

Haut., 18 cent.; larg., 21 cent.

MARIS
(W.)

57 — Cochons dans un enclos.   480

Haut., 15 cent.; larg., 19 cent.

MESKER

58 — Jeune artiste dans son atelier, dessinant sur   120
une pierre lithographique.

Haut., 44 cent.; larg., 33 cent.

MEISSONIER

59 — Lecture.

C'est, à n'en pas douter, un livre favori qui captive ainsi toute l'attention de ce gentilhomme. On est chez un savant, on le voit à l'intérieur plein de recueillement dans lequel il est installé et à sa façon toute délicate de feuilleter son livre.

Tableau d'une ampleur remarquable, d'une très-belle coloration et d'une grande vérité d'attitude.

Salon de 1840.

Haut., 38 cent.; larg., 28 cent.

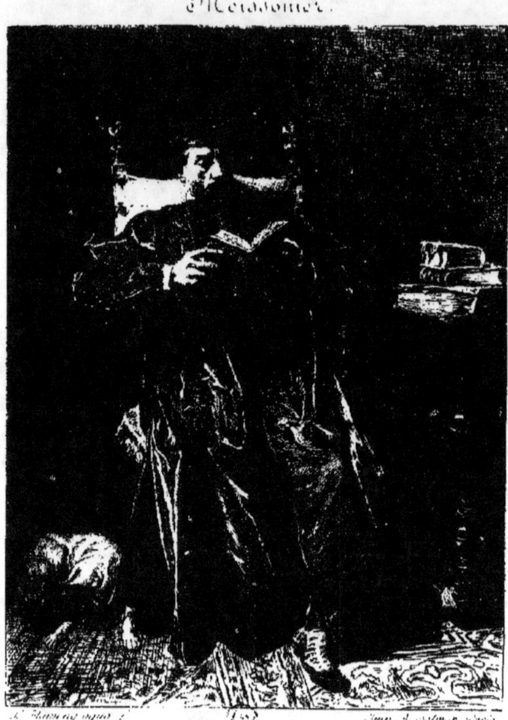

Lecture.

MEYER

(LOUIS)

60 — Plage à marée basse, le soir.　　　　700

Haut., 31 cent.; larg., 47 cent.

NUYEN

61 — La chaloupe.　　　　800

Une chaloupe chargée de matelots aborde un grand navire qui est à l'ancre.

Effet de soleil couchant.

Haut., 59 cent.; larg., 70 cent.

PETTENKOFEN

62 — Les bords du Danube.　　　　6000

Trois chevaux et un jeune poulain se baignent au bord du fleuve.

Daté 1854.
Haut., 18 cent.; larg., 28 cent.

PIERRON

560

63 — Paysage.

Vieux château servant de ferme aux environs d'Utrecht.

Daté 1856.

Haut., 49 cent.; larg., 64 cent.

PORTAELS

810

— Bohémienne.

C'est le soir; elle est assise dans la campagne, tenant sa tête appuyée sur son tambour de basque.

Daté 1848.

Forme cintrée. Haut., 98 cent.; larg., 79 cent.

Robert - Fleury.

Bernard Palissy.

ROBERT FLEURY

65 — Bernard Palissy,

Ayant embrassé les opinions de Luther, il est
arrêté par ordre du Conseil des Seize.

Salon de 1839.

Daté 1838.
Haut, 75 cent.; larg., 91 cent.

ROBERT

(LÉOPOLD)

800

66 — Etude de femme romaine.

Haut., 35 cent. ; larg., 26 cent.

ROCHUSSEN

(CHARLES)

490

67. — Armée du moyen âge trainant son attirail de siége.

Daté 1842.

Haut., 25 cent.; larg., 43 cent.

ROELOFS

68 — Paysage, bâtiment de ferme entouré d'ar-
bres.

1120

Haut., 30 cent.; larg., 50 cent.

ROUSSEAU

(PHILIPPE)

69 — Nature morte, gibier, carnassière, poire à
poudre, etc.

1010

Haut., 26 cent.; larg., 21 cent.

SAINT-JEAN

70 — Roses blanches.

Un rosier blanc tout en fleurs et des pavots entourent un fût de colonne brisée qui porte encore un reste d'inscription : « 16 ans. »

Ce tableau peut être considéré comme une œuvre des plus charmantes du peintre.

Daté 1846.

Haut., 1 m. 03 cent.; larg., 82 cent.

Roses blanches.

SALTZMAN

71 — Paysage italien.

620

Riche vallée entourée de montagnes et dominée par une ville qu'on aperçoit au second plan.

Haut., 81 cent.; larg., 95 cent.

SALTZMAN

72 — Fontaine au bord du Tibre dans la campagne de Rome.

155

Haut., 34 cent.; larg., 63 cent.

SALTZMAN

73 — Paysage italien.

30

Un parti de reîtres bivouaque au pied d'une vieille muraille entourant un parc.

Haut., 30 cent.; larg., 72 cent.

SCHEFFER

(ARY)

74 — Les plaintes de la jeune fille.

« Mon cœur est mort, le monde est vide, il ne
» peut plus rien accorder à mes vœux. O sainte!
» rappelle ton enfant; j'ai épuisé le bonheur ter-
» restre, j'ai vécu et aimé. »

Ballade de SCHILLER.

Daté 1849.

Forme cintrée. Haut., 1 m. 71 cent.; larg., 1 m. 30 cent.

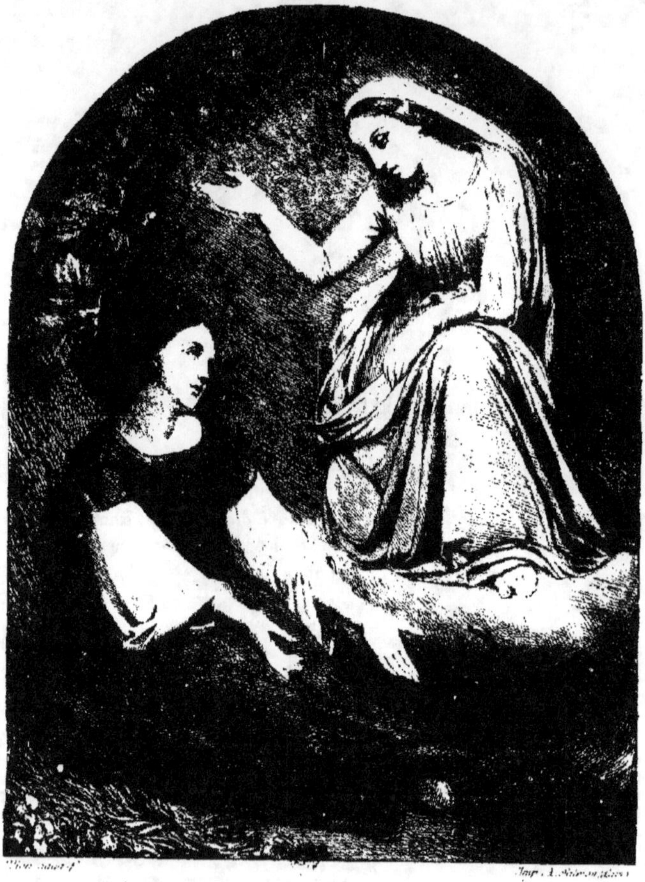

Les plaintes de la jeune fille (Schiller)

SCHEFFER

(ARY)

75 — Mignon aspirant au ciel.

« Laissez-moi paraître ainsi; ne m'ôtez pas ma blanche robe. Je vais quitter cette belle terre pour descendre dans la demeure immuable.

. . . .

« J'ai vécu, il est vrai, sans souci ni peine; mais une profonde douleur habitait mon cœur. La souffrance m'a vieillie trop tôt; rendez-moi jeune pour toujours. »

Wilhem Meister, de GŒTHE.

Réduction du grand tableau qui faisait partie de la galerie du duc d'Orléans.

Forme cintrée. Haut., 35 cent.; larg., 22 cent.

SCHEFFER

(ARY)

76 — Mignon regrettant sa patrie.

« Connais-tu le pays où le citronnier fleurit?
Dans les sombres feuillages mûrit l'orange dorée;
un doux vent descend du ciel bleu; le myrte est
modeste et le laurier superbe. Le connais-tu bien?...
Là-bas! là-bas! je voudrais, ô mon bien-aimé, aller
avec toi. »

Wilhem Meister, de GŒTHE.

Réduction du grand tableau qui faisait partie de
la collection du duc d'Orléans.

Forme cintrée. Haut., 35 cent.; larg., 22 cent.

SCHEFFER

(ARY)

77 — Femme de pêcheur.

Assise au bord de la mer et tenant ses deux enfants dans ses bras, elle regarde au loin un navire
battu par la tempête.

Daté 1829.

Haut., 41 cent.; larg., 32 cent.

SCHEFFER

(HENRY)

78 — Jeune mère réprimandant sa petite fille.

Daté 1830.
Haut., 40 cent.; larg., 32 cent.

SCHELTEMA

79 — Gentilhomme regardant un portrait contenu dans un écrin.

Haut., 30 cent.; larg., 26 cent.

SCHELFHOUT

80 — Un Hiver en Hollande.

La glace qui recouvre tout le paysage est animée de patineurs et de traîneaux.
Quelques barques sont prises dans les glaces.

Haut., 40 cent.; larg., 55 cent.

SCHOTEL

J.-C.

81 — Marine, côte de Hollande.

Le ciel annonce un grain.

Haut., 38 cent.; larg., 52 cent.

SIERIC

— Vue de Hambourg.

Haut., 30 cent.; larg., 45 cent.

STEINHEIL

83 — Jeune mère allaitant son enfant.

Haut., 22 cent.; larg., 15 cent.

TASSAERT

84 — Une famille malheureuse.

> . . . . . Et la vieille dame regardait l'image de la Vierge, et la jeune fille sanglotait !
> A quelque temps de là on vit deux femmes, lumineuses comme des âmes, qui s'élançaient vers le ciel.

Haut., 53 cent.; larg., 40 cent.

VERLAT

85 — Chat et oiseaux.

> Un chat, couché sur l'appui d'une fenêtre, guette des moineaux qui sont venus se percher sur une branche de vigne au-dessus de lui.

Daté 1856.

Haut., 78 cent.; larg., 64 cent.

VERLAT

86 — Renards guettant à la porte d'un poulailler.

Daté 1857.

Haut., 27 cent.; larg., 21 cent.

VERNET

(HORACE)

87 — Arabes dans leur camp.

Les chefs délibèrent en conseil, assis en cercle
à l'ombre d'un figuier. Un officier français, envoyé
en parlementaire, attend leur décision.

Ou aperçoit au fond toute l'animation du camp
arabe.

Daté 1834.

Haut., 98 cent.; larg., 1 m. 37 cent.

Horace Vernet.

Arabes dans leur camp.

VERVEER

(S.-L.)

88 — Village de pêcheurs hollandais.   *320*

Daté 1866.

Haut., 15 cent.; larg., 19 cent.

WEBER

(OTTO)

89 — Animaux paissant à l'ombre d'un bois.   *690*

Haut., 49 cent.; larg., 62 cent.

WILLEMS

(FLORENT)

90 — Jeune homme regardant des dessins dans un portefeuille.   *2100*

Daté 1854.

Haut., 39 cent.; larg., 51 cent.

WEISSENBRUCH

(JEAN)

920   91 — Une ville de la Hollande.

Haut., 25 cent.; larg., 35 cent.

Total   457.950